사랑은 움직씨

이초아 시집

시음사
시사랑음악사랑

시인의 말

유년 시절의 아빠가 그리울 때면 고개 들어 하늘을 쳐다보게 됩니다. 그에 비해 엄마와의 지난 추억을 홀로 맘속 가만히 쌓을 때엔 그저 고개 숙여 땅만 바라봅니다. 엄마의 지난 희생과 헌신으로 누리고 있는 현재의 내가 의당 반성할 수밖에 없는, 염치없었던 지난 불초가 떠올라서겠죠.

지난해 모친을 여의고 아직 '엄마'라고 가만히 부르기만 해도 절로 눈물을 자아냅니다. 두 글자를 붙여 단숨에 '엄마'하고 숨죽여 되뇌일 땐 앞에 받침 미음과 뒤받침 없는 미음이 만나 슬픔만이 자욱한 부름이었다가는, 한 글자 한 글자 띄어 '엄 마'하며 잠자코 부를 땐 애써 억눌러 왔던 보고픔의 잠재태가 오히려 맑은 추억을 떠올리게 합니다.

그 마음의 연장선에서 이번 시집을 생각해냈습니다. 그간의 습작들을 추리며 엄마와의 지난 동행이 너무도 삼삼히 떠오른 까닭입니다. 참 고마운 일이었습니다. 실제 자신을 드러내는 쪽에 매우 인색한 편입니다. 또한 정식으로 시를 배운 적은 없습니다만, 이번에 용기 내어 봅니다.

봄 여름 가을 그리고 겨울, 사계로 챕터를 나눠 봤습니다. 그리고 부모님을 그리는 가슴으로 한 단락을, 마지막으론 그 엄마 마음으로 길어 본 동시를 더해 총 여섯 장의 전개입니다. 끝으로 언제나 묵묵히 제 든든한 뒷배가 되어 주는 가족들에게 고맙다는 인사 전합니다.

시인 이초아

* 목차

봄

여름

* 목차

가을

겨울

* 목차

엄마

동시

봄

넌 나만의 향기
난 너만의 꽃밭

그 사랑 그대로
고스란히
봄을 피웠습니다

봄을 옹호하는 소리

한달음에 봄물 길어 오는 네 어깨 뒤로
종종걸음 맨발로 달려들어 안기고파

사뿐사뿐 나비처럼 산드러진 네 허리 안아
봄날 아지랑이 되어 함께 날아오를까나

네가 꽃으로 서고 또 풀로 눕는다면
난 기꺼이 널 적시는 해맑은 이슬이 될 거야

드레드레 욕심 한 방울 없는 알콩달콩 세상
올망졸망 너도 나도 우리도 참 예쁘다

행복을 팝니다

느릿느릿 발길 더디 옮기는 잔망스런
늦겨울로부터 훌쩍 달아나고 싶은 날

들길을 걸을까
강변으로 가 볼까
한 권 시집 벗 삼아 기차에 오릅니다
강이 보이는 운치 있는 카페, 아니
동화 꿈 꿔지는 곳이라면 어디든 좋아라

친구들아
나무야 나비들아 새들아…
마음껏 눈요기 시작해 볼까나
싱그런 풀 내음 고소한 햇살까지

멀리 쓸쓸한 나룻배 한 척 보입니다
가벼운 눈인사 따뜻하게 전합니다
그때 나지막이 들려오는 가느란 목소리
"소녀야! 영원한 나의 소녀야!"
어머! 내 심장이 말을 하네.

아! 꿈 속이었나 봅니다
여린 꽃 가여워 우산 씌워주는 아가 마음
기특한 너 참 예쁘구나
갸륵한 눈물 한 방울 똑 떨어집니다

발길이 머무는 자리

추위가 떠날 채비하는 삼월의 밤
산토리니 종탑 아래서
춘천 야경 훑다 만난
작은 십자가 하나
소원을 말해 보라 합니다

표현 서툰 난
그냥 내 마음을 찍어 보라 답합니다
그도 나와 같길 바라며
차가운 공기 연신 날 휘젓지만
풍경 하나 하나 놓칠 수 없어
차곡차곡 셔터를 누릅니다

찰칵 찰칵 찰칵
눈에 머리에 가슴에
수채화처럼 서 있는 그를 담습니다

하늘 음악

초심을 읽다가 욕심으로 겸손이 흔들릴 때
그것을 구분할 수 있는 지혜를 주소서
비록 하늘이 될 수는 없지만
고개 들어 낭신을 향해 일어섭니다
땅이 될 수 없기에 딛고 걸어갑니다

신이시여
넘침을 두려워하며
부끄러운 존재임을 깨닫게 하소서
지혜가 닿지 않아 다름을 틀림으로 읽었습니다

하늘과 맞닿은 바다의 푸른 눈을 닮아가길
희망합니다
음악과 나 그리고 세상 영혼의 힘들로 이어주는
삼위일체의 신비로움으로 마음의 곳간을 채우는 일
내 자리를 내어주는 겸손임을

가슴으로 그리는 평화와 사랑

날개 단 수채화로 물들게 하시고

빛으로 피어나게 하소서

낮엔 해처럼 밤엔 달처럼

하늘 음악이 가슴에 닿길 복도해 봅니다

천상의 음악을 주관하는 신이시여

기꺼이 당신이 베풀어주시는

이 아름다운 구속에서 맘껏 자유롭게 해주소서

자아(自我)의 종소리

인도 델리 바하이 사원.
힌두나 이슬람도
시크나 조로아스터도
가끔은 불교나 기독교도 함께하여
자유로이 명상하고 기도의 시간을 갖습니다
유일신이나 무위자연을 받드는
모든 종교나 철학이 무릇 그러하듯……

봄바람처럼 싱그러운 사람
비울수록 또 다른 채움을 갖는 따뜻한 사람
커피향 같은 저녁노을로 그윽한 사람
겨울 강처럼 또 다른 봄을 준비하는 사람
참으로 기분 좋은 만남입니다
가슴 벌렁이며 다가오는 '우리'란 어깨동무
그렇게 마당을 만들어 무대를 연출합니다

어떤 간섭이나 강요 없이 누구나 와서
자신의 믿음대로 그러나 조용히
참음과 쉼의 시간을 갖는 곳
이곳의 규칙이 있다면 단 하나

"침묵할 줄 알아야 한다"는 것입니다
그럼으로써 얻을 수 있는 배려와 사랑
그것이 부디 우리 사는 세상의 힘
그 근원이기를 소망합니다

물 물감그림 봄날

햇살 기지개 켜는 들판
봄나물을 캡니다
상큼한 향기 둥둥 이는 설렘까지

바구니 가득 안고 와 준비하는 점심
씀바귀 겉절이
새콤달콤한 달래무침
그가 좋아하는 냉이된장찌개도 끓였습니다

화등잔만한 눈으로 취한 듯 앉은 그
엄지 척을 하더니
이제는 말 시키지 말라 손사래 칩니다

실바람 늘 하던 말이 이제야 들립니다
행복은 작은 사랑을 먹으며 자라는 거라고

봄이라예

새봄이 돋아났다고
폴짝폴짝 뛰며
가녀린 손 흔드는
저 처잔 누군가요

분홍치마 미끈히 걸치고
새뜻한 바람 몰고 와
애간장 녹이는
저 낭잔 누군가요

하얀 원삼 휘날리며
진달래술 꼬불쳐 왔노라
실웃음 날리며 꼬드기는
저 규순 누군가요

빛 고운 햇살 흩뿌리며
랄랄라 빙빙 돌며
나울나울 어깨 춤추는
저 아씬 누군가요

여인의 향기

귀여운 여인 돌아볼 때면
막대기에 엉기는 솜사탕 소리 난다
예쁜 여인 뒷모습에선
연보랏빛 감미로운 라일락 향 난다
아리따운 여인 귓가로는
깊은 계곡 시냇물 흐르는 풍경 들린다

하늘 바라보는 슬픈 여인 눈망울 안
홍옥(紅玉) 한입 한껏 베어 문 초승(初生) 자국

풀잎

하늘 산 바다 강
손 타지 않은
먼 자연의 소리
물밀듯 들려온다

풀잎 닮은 내 마음
바람 같은 인생살이
너그러이 살라 하네

풀잎처럼 함초롬히
이슬처럼 영롱하게
두루뭉술 살라 하네
그리 살아도 좋다고

고맙고 또 고마워서
풀잎에 맺힌 이슬빛
동그라이 안아준다

헬렌 켈러의 선물

아이에게 책을 읽어 주고 있다

초롱초롱한 눈망울
이슬방울 떼구루루 구르듯
뽀송뽀송 솜털 볼 위로 흘러내린다

아가야 어디 아프니

고개를 가로저으며
엄마 품으로 스며드는 아가
많이 아픈가 보네
엄마 가슴을 흠씬 적신다

어른이 되면 저도 헬렌 켈러처럼
아픈 사람들을 도와주고 싶어요
뺨에 입을 맞추곤 쪼물쪼물
귀엣말하는 가냘픈 꼬마 천사

아이가 다섯 살 되던 해

꼬물꼬물 하얀 손에 쥐여 준
헬렌 켈러 위인전은
아가의 가슴을 데워 주는 선물이었고
엄마는 그때 설리번 선생님일 수 있었다

엄마가 들려주는 사랑 이야기

아가야! 사랑은 약속하는 게 아니란다
가슴이 먼저 알고 열어 주지

아가야! 사랑을 이해하려고 하지 말렴
약삭빠른 두뇌는 공부할 때 쓰고
마음에서 보내는 메시지를 먼저 듣거라

사랑은 가슴으로 듣는 종소리란다
머리로 하는 사랑은 서서히 녹이 슬지만
마음으로 배우는 사랑은 기쁨이 스며들어
시간이 지날수록 차차 빛을 발하지

아가야! 땅의 뿌리로 겸손을 익히거라
사랑은 낮은 곳에 움트고 있단다

아가야! 타인을 위한 기도 또한 잊지 말기를
충만한 사랑 안에서 피우는 행복이
이 땅을 살아가는 꿈의 원동력이 되지

울 언니

개나리 진달래 곱단한 너나들이 처자들 등장에
앞뒷마을 노총각들 싱글벙글 입 귀에 걸리고
시끌벅적 야단법석 초가삼간 경사로세

족두리 원삼 수줍게 갈아입고
새색시 연지 곤지 찍고 시집가오
뽀사시 단아한 목련꽃 한 송이
긴 속눈썹 불그레 앵두 입술
황진이 환생이올시다

아쉽고 아까워라 울 언니
새신랑 복 터졌소
꽃가마 탄 길 꽃순이도 따라가려오
울며 불며 떼쓰는 꼬맹이
오매 엄니 부지깽이 드셨네

열 밤 자면 색동저고리 사들고 온다던 약속 잊으셨소
이제나저제나 예쁜 얼굴 볼까
앞마당 울타리 꼰지발 세우고
황새 목 동구 밖 바라본다오

방울만한 눈망울에 닭똥 눈물 뚝뚝
한 떨기 꽃 같은 언니 보고 싶소
눈치 없는 참새 자매 옹기종기 늘어서
새타령 새살대며 잘도 넘기는구려

23

꽃피는 시절

소쩍새 울면
진달래 만발하면
꽃핀 사들고 오신다더니
여러 해가 되도록
눈물만 적시누나

사랑이 죄이더냐
곱단시 입은 연분홍 치마
버선코 살짝 올리고
갖은 아양을 떨었건만
야속하기 그지없어라

손꼽은 긴 세월
누굴 원망하리오
모진 사람아
갈기갈기 찢긴 편지 허공에 날리며

못난 님 잊고
새 사랑 찾아가오
땅을 치며 후회하지 않으시려거든
후딱 기별 주이소

봄 이야기

첫 번째 만남
그대 향기
손끝 시립게 심었죠

두 번째 만남
그대 꽃밭
고요히 가꾸었답니다

세 번째 만남
그대 사랑
견우직녀 만났지요

넌 나만의 향기
난 너만의 꽃밭

그 사랑 그대로
고스란히
봄을 피웠습니다

사랑

솎아내기 참 쉬운 색깔
참 덧입히기 편한 색깔

감돌던 파랑새 살포시 날아와
단번에 둥지로 모셔갈 아람치

차운 날씨 미닫이창을 여는 선선함
가슴을 반짝 열어주는 한 방울 눈물

가을산 어드메 옹달샘처럼 그대가
웃음매로 불타야 드러내는 볼우물

새털구름처럼 쌓이는 그리움
이쯤에서 봉인하고픈 손편지

사부작 그루잠 깬 이른 봄 반가운
덧물로 쑨 풀로 붙여 부치는 마음

이제 꽃 이름 하나쯤은
새 하나 날갯짓 정도는

초등학교 입학식 이름표처럼
가슴에 오롯이 달고 있어야지

여행

이른 아침 강릉행 열차를 탑니다
싱그러운 향내 풍기는 차창 밖 봄 풍경
따스한 햇살이 자꾸만 헛나이테만 그립니다

긴 터널에 갇혀 자신을 알지 못한 채
초점 잃은 고양이 마냥 먼 산만 바라보다
어린 눈망울로 속울음 삼키며
글썽이는 가슴 파도에 씻으려
소소리바람에 작게 휘청이며 걷습니다

잘 살아왔어 잘 살아왔어 갈매기 합창에
흥얼흥얼 후렴구 따라 부릅니다

지평선 넘어 미지의 세계 바라보다
훌훌 털고 별들이 듬성듬성 마실 나오는 시각

미완의 여백이 곧 인생인 것을……
채우지 못한 삶 남겨 두고 돌아옵니다

들꽃 여인

보슬비 선율 촉촉이 젖어드는 오후
빗방울 조심스런 발걸음 따라
머리 질끈 동여맨 민낯 얼굴로
개망초 핀 수수한 동산을 걷습니다

하얀 이 반짝이며 반기는 친구들
지친 내게 건네는 투명한 수채화
세상 때 물들지 않은 끌밋한 맵시로
은은한 꽃 차 내옵니다

치장하지 않아도 어찌 이리 고울까!
향수를 뿌리지 않아도 향긋함은
천리를 날아 행복을 싹 틔웁니다

가까이 오세요!
나비 바람 살짝 끼어들며 하는 말
향기 나는 사람 꽃도 좋아라
화장 지운 청초한 여인 입꼬리 위
발그레 꽃 한 송이 그려집니다

수채화 같은 사랑

마음 정원
햇살 거름 듬뿍
그대 사랑 소망스레 심었습니다

왼쪽 모퉁이를 보세요
아스타 새싹 믿음
움돋고 있어요

오른쪽 모퉁이를 보세요
소국 새싹 진실
움트고 있네요

앞을 보세요
수줍게 봉싯거리는
참사랑 카라 눈맞춤

뒤를 보세요
그대 사랑 변치 않으리
리사안셔스 노래하고 있지요

믿음은 진실 위에서만 숨쉽니다
스톡꽃 가슴에 피워
우리 아름다운 사랑 맹서해요

*꽃말
아스타 : 신뢰, 소국 : 진실한 사랑, 카라 : 천년 사랑
리사안셔스 : 영원한 사랑, 스톡 : 아름다운 사랑의 맹세

내 마음 당신 생각에

말하지 않아도 따뜻한 눈빛으로
촉촉한 눈물 어루만져 주는
당신이 참 좋습니다

노랗게 물든 온화한 가슴 풀어
오색빛 찬란한 날개 달아 주는
당신이 참 좋습니다

떨리는 설렘 다정한 미소로
작은 어깨 스웨터 얹어 주는
편안한 당신의 손길이 참 좋습니다

오늘 그대 만나러 가는 길
맑디맑은 물망초 참 진실한 꽃말로
곱게 웃고 있습니다

제비꽃

언덕 너머 숲속 설핀 길섶
보라색 봄의 소박한 동경(憧憬)

파란 하늘 바라기 부끄러워
자그시 내뱉는 자줏빛 종소리

봄바람보다 먼저 고개 떨구는
솜털보다 가비야운 가녀린 홍조(紅潮)

저녁별 기다리는 순백 나비들 사이사이
찬찬히 피어오르는 가난한 연인들의 꽃

사랑합니다

봄 향기 먼저 건네주는 바람
고개 숙여 바람을 맞는 풀잎
아! 풀빛 가득한 봄날입니다

나를 비워냄으로 다다른 그대 곁
미쁘고 이쁜 봄마저
눈 흘기는 아름다운 균형

산(山)이 낳은 강(江)
강(江)이 쌓는 산(山)
그 안에서 간직할 것입니다

빈 하늘 귀엣말 별이 되고
마른 땅 속삭임 꽃이 되는, 그
꽃과 별로 전합니다, 사랑합니다

당신에게

빛바랜 편지지처럼 나날이 기억력은 가물가물해져 가도
그대는 오히려 또렷이 떠오릅니다

내 인생 최고의 거울은 흑백사진 속 그대입니다
그저 함께라는 이유 하나로도 가없이 차오르는 가득한 마음

이윽고 길이 끝나는 막다른 골목에 다다르면
눈부신 새로운 길이 도래함을 믿습니다

여름

배롱나무 전설 백일의 아픔이 짧기만 하건만
김매던 엄마 거친 손 안타까워 개망초 핍니다
꽃 같이 살라던 아빠 생각 채송화 붉어진 사이
나팔꽃 또한 계절에 어울리려 살며시 고개 듭니다

어느 좋은 날

맑은 하늘 가만사뿐 들어간 숲속
부시도록 해밝은 햇빛 발등에 얹고
그윽한 숲 울림소리 길동무 삼아
사부작사부작 마냥 걷고만 싶어라

넋 놓고 있던 교감신경 어느 한구석
움찔 놀라 어떤 귀염 표정 지으려나

어린아이 웃음같이 단출한 햇살
걸음걸음 옮길수록 향긋한 산책
딱 정히(淨 -) 이대로라면
이 순간 또한 영원이어라

사랑은 비를 타고

소리 소문 없이 찾아와
창틈 온기 불어넣어 주는 당신

그대 창 두드리는 날
풋사과 싱그러운 소녀는
자그만 가슴 휘젓습니다

진한 커피 향 마음 적시며
부드럽게 흐르는 유월 입맞춤
뽀얗게 피어나는 꽃

또르르또르르 청아한 목소리
귓불에 속삭입니다
당신 뜰 안 엽록소가 될게요

햇볕 잘 드는 창가

특별하진 않지만
왠지 포근해 기대고 싶지 뭐야
싱그러운 초록의 나무와
잘 어울리는 네가
문득 좋아졌어

언제든 내어주는 따스한 어깨
모든 상념과 슬픔 감당해주는
네가 고마워서 눈물이 났어

닮을 수 있을까?
욕심이 많아 걱정되지만
기댈 때 만큼은
세상 시름 다 내려놓고
햇볕 잘 드는 창가
비스듬히 앉아 볕 쬐고파

편안한 나만의 아지트
달짝지근한 커피향 담아
오늘도 난 너에게로 간다

너에게 가는 길

등 뒤 꽃다발로 설렘 감추고
네게 한 발짝 다가가고 싶어

함께 쌓는 바닷가 모래성
내 쪽만 우기지는 않을 테야

하늘가 나선 모양 구름다리 놓아
푸른 하늘 새둥주리 지을 거야

부디 사랑이 날짐승의 것이 이니길
제발 사랑이 맹수의 전유가 아니길

그대 호수 안으로 노 저어가
마음껏 자유로이 유영하고 싶어

그대 우산 되어

넘치게 부은 듯 해도
찰랑찰랑 그대 마음

모자라게 따른 듯 해도
가득 괸 그대 생각

그대는
내 작은 가슴 바다
떠 있는 조각 섬

간짓대 뻗어 가까스로
그 섬 닿을 수만 있다면

설레는 부끄러움
발그레한 수줍음
몽땅 내동댕이 하고
그대 곁 빈자리 달려가리라

이별

잔뜩 찌푸린 하늘은
금세 울음을 터뜨리려는지
아님 흐릿하게나마
태연을 짐짓하는 것인지...

사랑의 굴레를 모르는
아니 몰라야 하는 것이
사랑의 숙명이리라

누군가를 사랑하는 일이란
조금은 호젓한 일이리라
약간은 쓸쓸한 일이리라

물비늘 하나 하나씩
상처 입은 출렁이는 바다에 던져
가진 것 하나 하나씩 내려놓는
아슥한 파도의 포말 같은 것

갖은 추억이 사태 져 무너져 내리고
허투루 버려진 별을 아우르던 사랑
속절없는 마음 둘 곳 없이
퀭하니 달만 바라보게 되는

사랑 사랑 내 사랑아

뜸북뜸북 논에서 잃은 사랑 찾아
뻐꾹뻐꾹 산에서 잊은 사랑 찾아
낮밤으로 목놓아 울었제

연분홍 향 그윽한 경북궁에서
눈 맞춘 내 사랑 어데서 놓쳤나
님 소식 아는 이 찾아 봤소마는
캄캄절벽 무소식만 들려 오고

목이 쉬도록 여름내 울 제
꿈엔들 부르지 않았겠소

세상사 고달파 먼 곳엘랑 가셨거든
못다 한 사랑 불꽃 튈 수 있게끔
다음 생 훨훨 날아와 내 품에 안기오소서

모순(矛盾)

그대를 따라 줄레줄레 이어 밟은 발자국
서슴지 않았던 낭떠러지 금단(禁斷)의 월경(越境)

그대가 떨구는 어느 것 하나 빠뜨림 없이 좋은
그대에게 반한 숨막혔던 황홀한 시(時)와 공(空)

중간중간 아무리 그 뿌리에 걸리고 가시에 찔려도
골백번 인이 박이고 수천 번 굳은살이 박혀 저미어도

시나브로 나란하는 어깨동무와 이인삼각
그대란 온전(穩全)이 선물하는 미더운 미쁨

사랑이란, 불확실한 그대를 얻기 위해
내 자아(自我) 전부 고스란히 부러뜨려 비우는 바보짓

용문산에서

마음을 빚어 보네
푸른 하늘에 담긴
구름이 예쁘다

마음을 씻어 보네
차갑고 맑은 개울
뒷짐지고 입을 맞춘다

마음을 심어 보네
산등성 등진 소나무
그늘 밑 두 다리 쭉 편다

마음을 비워 보네
골짜기 선선한 바람
순순히 몸을 맡긴다

마음에 담아 보네
흰구름 수놓은 하늘
여전히 곱고 착하다

작은 시냇가

잔잔하게 흘러들어
내 마음에
작은 시냇가를 만들었어

흐른다

잔잔한 미소
한결같은 마음
그게 배려인가 봐

그런 네 품속에 안기니
눈물이 난다
숨결이 너무 해밝아서
가슴이 너무 따뜻해서

동심의 작은 시냇가
발 담그니
내 마음이 씻겨지더라

개미

당신의 한 걸음 노량으로
저는 온종일 걸었습니다
힘겹다 하지 않았습니다

당신이 덜어낸 한 움큼 음식
저에겐 몇 달 치 식량이었습니다
부족하다 혜윰하지 않았습니다

당신이 미소 지은 시간은
하루 몇 차례나 되었던가요

종일 송골송골 땀흘려 일하면서도
곁눈 한 번 않고 웃음 지었지요

당신이 보기에 하찮은 미물에
불과해 보일지라도 삶은 소중합니다

담을 그릇은 작습니다
꿈과 희망도 작습니다

다소곳이 머금은 행복
그래도 눈물로 피어납니다

그대와 함께

마음이란 움직이는 것이 아닐 거예요
그곳에 그저 자리하는 것이리라 믿습니다

한 방울 이슬 안에도 세상이 존재한다
희망을 주는 말만 하겠습니다

상심하거나 좌절하지 않는다면 언제든지
날 수 있다 용기를 얻는 말만 놓겠습니다

배려하는 이들만이 들을 수 있는
겸손한 말만 흘리겠습니다

무엇보다 스스로에게 성내지 않을 것
부드러운 웃음만 짓겠습니다

온종일 땀흘린 농군의 정직한 미소로
진실된 땅만 일구겠습니다

첫눈 오기를 기다리고 바라며
사랑한다 귀엣말하겠습니다

아름다운 그림만이 속삭일 수 있는
앙상블의 노래만 부르겠습니다

귀로 볼 수 있으나 눈으로는 만질 수 없는
자유로운 향기로움만 품겠습니다

척박하고 지친 대지에 별처럼 쏟아지는
그런 꿈을 심는 일만 하겠습니다

내 심장에 달구비 쏟아지기 전
어서 마음 밭에 씨 뿌려야겠습니다

하루야 안녕!

어서 와!
싱싱한 칠월이 푸르게 부릅니다
바람 따라 구름 타고 여름 대문 열면
초록빛 물결 잔잔한 초원이 펼쳐집니다
두 팔 벌리고 살며시 눈을 뜹니다

대지가 숨 고르는 소리
나무 들풀들 아느작아느작 풀피리 연주
어느새 사르르 평온이 찾아듭니다
이름 모를 아이 꽃바구니 안고
작다란 애기 소나무에 올라 구름 솜 땁니다

고단한 사람들에게
푸근한 이불 만들어 줄 거야
투명한 창 순수한 눈망울에
빛나는 햇살이 다가와 두드립니다

넉넉히 담아 가도 돼
사랑은 많을수록 가슴이 좋아한단다
꿈꾸는 꼬맹이 볼 위로 동그라미 그리며
빙그레 해님 꽃 웃습니다

하루야!
오늘도 사랑할 수 있는 시간 내줘서 고마워

여름

임금님 정 목마른 능소화 고고한 자태 뽐내고
하늘과 가장 가까울 장미 여전히 여여한 사이
떠오를 해 맞으러 해바라기 기지개 켜는 새
수련 역시 이른 아침 벙어리 봉오리 엽니다

배롱나무 전설 백일의 아픔이 짧기만 하건만
김매던 엄마 거친 손 안타까워 개망초 핍니다
꽃 같이 살라던 아빠 생각 채송화 붉어진 사이
나팔꽃 또한 계절에 어울리려 살며시 고개 듭니다

* 맨 아래 두 줄 어효선 '꽃밭에서' 차용

49

동무들이여

그리움 만개하는 순간
넘치는 사랑에 자그시 눈물지었어

신호등 점멸등처럼
추억으로만 생각하고
한여름 밤 꿈이라 가벼이 했었나 봐

대롱대롱 하얀 눈물
줄 이은 꽃길로
이제 예쁜 동무 사랑 맞이할게

내 고향 남한강
차란차란 윤슬로 빛나는 사랑
메아리로 받친 우정꽃 한 다발
가슴 한편 고이 간직하려네

내 고단한 등짐 나눈 벗들이여
오늘 난 또 다른 나를 만난다

싯밥(詩 -)의 누선(漏腺)

종일 바따라진 밥을 먹는다
꽃 나무 구름 해 그늘, 온갖 것들을
닥치는 대로 먹어 치우는 잡식동물

진수성찬은 아니지만 집밥이
또 한번 간이라도 보라 수저를 들이민다
먹어도 먹어도 허기진 뱃구레

잉크가 미처 마르지 않은 글을 손질한다
열꽃 토해내는 가마솥 배앓이
터진 눈물 닦으며 심호흡 뜸을 들인다

윤기 좌르르 고슬고슬한
글밥 만날 날을 학수고대하며…

눈물 콧물 쏙 빼먹는 암컷의 일생
고즈넉한 밤 살금살금 살쾡이 마냥
열매달에 그린 일란성 토끼 전설을 탐한다

* 바따라지다: 음식의 국물이 바특하고 맛이 있다
* 누선(漏腺): 눈물을 분비하는 샘. 눈알이 박혀 움푹 들어간
　　　　　　 눈구멍의 바깥 위족 구석에 있다.

사랑은 움직씨

사랑은 탐하는 것이 아니라 지켜내는 것이예요
강제하려는 지식보단 수호하고자 하는 지혜
가르침보단 가리킴에 방점을 찍고
앞장섬보단 뒷받침에 보다 주안점을 두죠

욕심내는 것이 아니라 덜어내는 것이며
채움에 비해 비움에 가까울 듯하고
책상물림의 현학적 고담준론 쪽보다
설렘으로 그윽이 연붉게 물드는 거 같아요

나눗셈 곱셈보단 뺄셈 덧셈이
그림그리기보단 노래 부르기에 가까울 테고
에둘러 가건 지름길로 가건 곡선이든 직선이든
맨몸으로 부딪혀 얻는 기도일 거예요, 사랑은...

미안하단 말할 시간에 그저 그대에게 달려가요
아름답단 말 전하고플 때 그대 위한 시를 쓸래요
사랑은 마음을 통하여 읽고 듣고 느끼는 과정
그렇게 그 자리에 그대가 있어 주길 소망합니다

움직씨: =동사(動詞)

52

동행

닭볶음을 먹다
떨어뜨린 젓가락을 줍다가
거친 그의 발을 보았습니다

울컥한 눈 당황스러워
고개 들지 못하고
주방으로 달려가 수도를 틀었습니다

군살에 생채기 투성인 검은 발
엉덩이 붙일 겨를도 없이 뛰느라
맨발이 된 그를 살피지도 않고
언제나 부족하다 불평만 놓으며
살아온 것이 부끄러워집니다

가야 할 길은 아직도 멀기에
이제는 내가 닭다리를 챙겨 줘야 하는데
생선은 머리가 맛있다 하며
한사코 몸통을 내주시던 아버지처럼
가시고기 된 그를 이제야 만납니다

산

높다 한들 뽐낸 적 있었던가
넓다 한들 교만한 적 있었던가

겸손함을 채워 주소서
포근하게 안아 주소서

자꾸만 세속에 물들어 가는 나
듬직한 당신 어깨에 기대고 싶어라

사계절 사랑과 연민으로
가녀린 이 영혼 품어 주소서

아름다운 사람, 이태석

톤즈의 등불이시여
당신이 부르시길래
눈을 떴습니다

공손히 잡아주신
거칠고 투박한 배곯은 손
우물 위 띄워 주신 선홍빛 꽃잎

두레박 생명수 건네신
사랑꾼 노예여
당신의 유혹은 황홀합니다

가장 낮은 곳의 노래
갸륵한 영혼의 미소로
뿌리신 밀알

두드린 마음의 악기는
희망의 불빛 지구 반대편
일용할 양식이 되었습니다

하나를 사랑합니다

욕심은 화(禍)를 낳고
질투는 모난 심술을 부릅니다

가지런히 무릎에 손을 내려놓고
가슴에 공손히 사랑을 안아 보세요

탐(貪)이 넘쳐날수록 삶은 고단해집니다
하늘 말씀에 잠자코 귀 바짝 대 보세요

성난 마음보는 순순히 물러나지 않을 거에요
그때 문턱 없는 천사의 집을 노크해 보세요

나보다 착하고 든직한 사람이 넘쳐나는 곳
언제든 스스로 낮출 수 있다면 문은 활짝 열리겠죠

끼리끼리보다 하나된 우리,
바로 그 우리가 든든한 친구 될 테니까요

가을

그대 그리고 나 은은한 하모니로
서서히 물드는 가을 등이
오색 깃발 찬란히 휘날린다

산 넘어 꼬리 감추는 석양 뒤안길
내일을 꿈꾸며 오늘 그 희망의 빗장을 지른다

흔들리는 그대에게

외로운 꽃은 투정하지 않습니다
사랑도 눈물의 배아(胚芽) 되고
미움도 눈물로 방황을 한답니다

모두 가졌다고 우쭐대지 말아요
덜 가졌다고 쉬이 주저앉지도 말아요

사람은 누구나 틈이 있답니다
잔잔한 들꽃 향기에 미소 지을
여유 가진 당신을 동경할 수 있잖아요

간단하지만 든든한 사랑
행복한 한 방울 눈물
영롱한 진주로 구를 테니까요

보여지는 앞모습에 집착하지 말아요
풍요로운 이는 함부로 드러내지 않습니다
타인의 귀함을 알기에 고개 숙여 양보합니다
사랑은 진실을 담보로 한 약속이거든요

그대와

파란 하늘 귀퉁이 베어 물어
싱그러운 꿈 한 조각
그대 입에 넣어 주고 싶어

구름 더미 송송 썰어다
달달한 사랑 그대 콧잔등에
살며시 붙여 주고 싶어

그대 맑디맑은 눈망울에
별 따다 뿌려 주고 싶어
선하고 영롱한 눈빛
언제까지나 빛나도록

햇살 기울여 봉긋 피어오르는 그대 가슴
그윽한 사랑 부어 주고 싶어
따뜻한 가슴 누그러들지 않게

달빛 모아 하얀 솜 귓불 밝혀 주고 싶어
그대 잠 못 이루는 밤이면
하느작 다가와 알콩달콩
하늘 꿈 이야기로 스르르 잠들 수 있게
그대 천사 되어 내 곁에서 잠들어 줘

코스모스

사춘기 소녀라예
슬쩍궁 꽃바람에
살짝궁 간지럼에
넘어가 뿌려쓰예

나비 입맞춤에
꽃들의 속삭임에
벌시로 발개진 볼
이젠 어쩔까나예

맑은 햇님 윙크에
새가슴 버들허리
억수로 흔들리믄
우짜면 우짬 좋노

지가 그리 이쁩니꺼
지가 그리 맘에 드십니까
하모 요깟 더위일랑
차뿔고 후딱 오이소

시월의 꽃

흔들리는 가을 잎새
가느다랗게 울먹이는 물결
누구를 싣고 배를 띄우나
가슴에 핀 꽃 활짝 웃고 있는데
눈에 핀 국화 여인 보이지 않네

속절없어라 잡을 수 없는 국화 향기여
새끼손가락 건 영원의 노래
아직 귓전에 생생한데

하얀 날개 편 뒤태
발레리나 흰나비 마지막 입맞춤
국화꽃 잎 떨구는 가냘픈 손짓
애달프다 그 눈물 어이할꼬
해밝은 시월 스무날

세상 고통은 잊으소서
가시는 길 향긋한 꽃 오붓이
뿌리오니 훠이훠이 노래 부르며
고결한 천상의 평화 꽃 입고 하냥 행복하소서

사랑이라 말해도 되겠습니까

꽃길만을 기대함은 아니었습니다

삶이 솜사탕 같지 않음은
예전 건너본 언덕 아니겠습니까

어떤 땐 발목 푹푹 빠지는
진흙탕 길 건너야 할 때도

나무껍질 돼 버린 거친 손으로
등 휘도록 삽질할 때도 있었고

산더미로 눈물 흘려보내도 이젠
돌아오지 않는 것 또한 있음을 알지만

외로이 한 떨기 향기로 피어난 그대
뒤돌아 지그시 바라봅니다

그대가 꽃이라면 된 것입니다

남한강에서

가을비 수놓은 백중날 밤
차곡차곡 그리움이 쌓이듯
빗방울이 어둠을 내려 앉힌다

풀벌레 짧은 울음소리에도
잠자리 어린 날갯짓에도
가을 심장이 뛰기 시작하고

자그마한 연잎 틈새로도
가을은 어김없이 흘러든다

슬픔이 출발하는 서녘 하늘
은빛 다리 건너올
그대를 목놓아 불러보네

이제 막 잠에서 깬 온몸을 일으키는
이 밤 두물머리 맨 밑바닥 강줄기를 딛고

들꽃 1

아무렇게나 피지 않아요
아무데서나 피지도 않죠
그대 손짓하는 그곳으로
사뿐 날아가고플 뿐이랍니다

사랑은 그런 거예요
해말쑥한 고운매를 뽐내기보다
참 정 주는 거라고

함초롬한 미소로 반기면
따라 절로 웃어 주는 사람들
더불어 행복하답니다

들꽃 2

들에 오가는 사람들 안으로
쓸쓸한 그림자만이 비춥니다
그곳에 피어 손짓했어요
야울야울 핀 미소를 주려고요

외로움도 슬픔도 잠시 스쳐 가는 것
사랑은 사부자기 그런 거예요
자신을 돌보듯 이웃도 포근히
웅숭깊게 보듬어 안아주는 거라고

꽃무지개처럼 행복해 하는
사람들이 많아지길 바래요
들꽃으로 핀 이유랍니다

우정이 꽃피는 계절

미워지면
시냇물 가랑잎 띄워
미소 그려야지

속상하면
곱게 접어 둔 종이학
사연 꺼내야지

슬퍼지면
뒷동산 꾀꼬리 함께
나란히 노래 불러야지

동그란 하늘 무지개 빛 따다
마리골드꽃 피워야지

솜사탕 구름 한 올 한 올 떼어
미쁜 우정 조물조물 다질 거야

*마리골드꽃: 국화목 국화과에 속하는 식물
꽃말: 우정, 예언 / 파종 시기: 2~6월

또 다른 계절을 기다리며

발자취 따라 계절을 걸어 보지만
님 소식은 들려오지 않습니다
성큼 다가온 가을은 곱게 꽃단장하며
환영 잔치 준비에 부지런 떠는데

기쁨을 나눌 님은 아직 기별이 없네요
기약 없는 기다림 파고드는 손들이바람
미련일랑 남기지 말자 수없이 다짐했건만
님의 나라 경계, 그 푸른 강가에서 지금껏 서성입니다

곧 찬 서리가 내릴 것 같습니다

달 따러 가신 님

울긋불긋 갈꽃 따러 가자길래
서둘러 나왔건만
님은 온데간데없고
서산에 걸린 보름달 하염없이 눈물짓누나

새로 장만한 매화 친 비단 한복
정갈하게 갈아입고
고무신 코 살짝 올리며
님 사랑 기다리는데......

곱단한 맵시 누가 봐주오리까
저 보동보동 달님에게 뽐내오리까?
곱슬곱슬 까막길 따라 힘겹게 왔건만.....
야속한 님이시여!

달아 달아 내 님 어드메 있노
청명한 눈으로 내 님 찾거들랑
눈물로 얼룩진 목마른 손수건
품에 간직한 연서 고이 전해주려무나

낙엽

삶의 내음 짙은
네가 좋다

커피향 닮은
네가 참 좋다

삼박이는 바스락 소리
가슴을 적시는 사이

계절의 절정 그 끝에서
스스로 땅 위로 몸을 낙하하지

바람에 초리 가늘게 떨고
나무는 지그시 눈을 감네

갈색 책갈피 되어 준 사랑
올겨울이 시리지마는 않으리

커피

젖고 싶었어
자그만 동그란 호수 안
달곰한 안개꽃 사랑
몰몰 흐르는데

하냥 바라볼 수밖에 없는 나
유혹의 문 화알짝 젖히고
맨발로 나가 그대 따스한
체온에 감기고 싶어

갈증 그물 덫에 걸린 당길마음
짙게 터치한 갈색 섀도우 사랑
황홀하게 다가와
달뜬 입맞춤 해주오

사랑 그리기

그 어떤 강박도 책무도 없는
자율 신경 이대로의 사랑

희생, 헌신으로 오롯이 밝히는
교감 신경 그대로의 사랑

하늘이 별을 통해 미소 짓듯
대지가 꽃으로 웃음 웃듯

너와 같이 여과하고 침전되어
고스란히 함께 정히(淨 -) 물들고파라

이런 사람 있으면 좋겠네

이런 사람 있다면 좋겠네

늦은 오후 한산한 광릉수목원
계수나무 숲 그늘 지나
떨어진 낙엽 위 폴폴 피어오르는
달짝지근한 솜사탕 향내

밤비 내리는 레스토랑
미리 주문한 살짝 익힌 스테이크
후식 딸기 위 앙증맞은 스푼 두 개
테이블 아래로 건네는 하얀 냅킨

승용차 위 닿는 콩당콩당 빗방울 소리
우산 씌워 차문 여닫아 주고
빨강 테라스 예쁜 집 앞 카페
살포시 보조개 피운 바닐라라테

이 가을 나에게
이런 사람 있으면 참 좋겠네

비 오는 날의 수채화

님 오셨다길래 사뿐히 걸어갑니다
성급한 마음 달래며 조신하게
커피 한 잔 들고 테이블에 앉습니다
호호 불어 그대 한 모금 나 한 모금
전신을 녹이는 달작지근한 향

데코는 지난가을에 묶어 놓은
소담스런 들꽃 한 다발
잠시나마 설렘 선사하고 싶은 그녀
오늘따라 분주해 보입니다

먼발치에 서 계시다 다가와
속삭이는 날에는
가슴이 두근반세근반 뜁니다
비 오는 날 창가 그 여인의
뒷모습이 예뻐 보이는 까닭입니다

무지개

비가 오면
젖은 날개의 흔들리는
사람들을 만난다

바람을 멈춰가며
나를 다잡아 본다

쌓이는 비
켜켜이 층지는 바람에
갈잎은 여위어가기만 하고

인생은
비를 삼켜 봐야
바람을 당겨본 뒤에야
무지개를 볼 수 있나 보다

그것은 인생

조각난 구름인 줄 알았더니
마음의 쉼표더라
두둥실 흘러가는 고뇌인 줄 알았더니
긍정의 노래였더라

햇볕의 따가운 시선인 줄 알았더니
사랑의 채찍이더라
바람이 세차게 외면한 줄 알았더니
겸손의 미덕을 가르침이더라

인생은 혼자 가는 길이 아니더라
영원히 동행할 친구였음을

일상

다름이 틀림은 아니다
그러나 틀렸음을 사뭇
다름이라고 우기는 이들
그들과의 낯선 전쟁은 힘겹다

오늘도 만원 지하철 안
고개 돌릴 공간조차 없다

너무나 낯익어 도리어
여전히 낯선 귀갓길
골목도 슈퍼도 바람도
온통 세로로 눕고 있다

한밤 칼로 베어 에인 반달
그가 흘린 눈물을 먹는다

꿈 나와라 뚝딱

센티한 날 어깨 감싼 푹신한 숄이
마음 온도를 약간이라도 높여 준다면
그게 행복인 게야

추적이는 가을비 옷은 젖지만
심장 깊숙이까지 다다른
네 입맞춤은 달콤하고 짜릿했지

막 건네준 너의 수채화를 바라보다
눈 지그시 감고 알찬 행복이 부르는
그곳 풍경으로 달려가는 중이야

네가 그려 준 두발자전거는
스스로 공명(共鳴)하여 돌고 돌아
어느 곳이든 코발로 앞장서 줄 테니까

노릇노릇 배부른 들녘을 봐
한땀 한땀 사랑이 가을로 모여
곁으로 곁으로 전파되어 훈훈해지잖니

가을은

아름다움이 그리움에게
풍선 하나를 띄웁니다

때마침 지쳐 있던 그리움
화등잔만해진 눈으로

초록이 고단한 붉은 산을
가만히 감싸안습니다

아름다움 또한
눈 맑은 사슴 가슴 되어

그리움을 도닥입니다
그렇게 서로를 그립니다

가을은......

가을의 꿈

밤이 심연의 넋을 더하고 있다
가을밤은 깊어만 간다
모두 시나브로 익어 간다
과연 나도 여물어 가고 있는 걸까?

가슴 한편 온새미로 쌓인
안갯속 고독의 의미도 익숙해지려나
나를 사랑하련다 그렇게 너도 사랑하련다

그대 그리고 나 은은한 하모니로
서서히 물드는 가을 등이
오색 깃발 찬란히 휘날린다

산 넘어 꼬리 감추는 석양 뒤안길
내일을 꿈꾸며 오늘 그 희망의 빗장을 지른다

시간 여행

깊어가는 가을 이십 대의
나와 둘이서 기차를 탔습니다

차창 밖 시골 논둑을 바라보다가
농부의 밭 숨소리를 들으며
곧 훌쩍 자라 큰 키를 뽐낼
황금들판 수런수런 그들의 수다를 듣습니다

그 뒤로 줄 이은 나무들은
진한 화장으로 맘껏 제 이쁨을 자랑할
단풍의 계절이 오고 있음을 알리건만

젊은 시절의 나는 하염없이
흑백 사진 속으로 걸어 들어갑니다

한 계절 수고하였노라
선풍기를 고이 닦아 줍니다
홑이불을 장롱에 넣고
긴팔 옷을 꺼냅니다

깊어가는 가을
이십 대 젊은 청춘과 여행을 다녀옵니다

꿈

꿈은 현실을 아울러
살며시 그느르고
하제는 꿈을 보듬어
꼬옥 안아 줍니다

점은 선의 누리를 동경할 뿐
넘보지 못하고
선은 면의 세계를 갈망할 뿐
볼 수는 없어요

꿈은 붉어질수록 아름다워요
오늘이 그를 필요로 하기 전
먼저 다가오는 꿈은 없겠지요
꿈은 다가가는 이의 것이에요

심추(深秋)님 사랑합니다

무심코 바라본
가을빛 영롱해
한소끔 긁어모았어

부풀은 가슴으로 끌어온
잘 익은 갈잎 한 장
갸름히 입에 물고

그대 창가에 걸어둔
하얀 낙서장에 고이 접어넣은
사랑이란 두 글자

한 페이지 수채화로 물든
가을은 활활 타오르는 마음을
가짓불 없이 쏟아 낸다

가을

여인의 눈망울에 담긴
높고 파란 하늘엔 온통
남쪽 나라 향하는 뭇 기러기 떼
멀고도 먼 길이 아뜩하네

바스락거리는 낙엽들은
여인의 사뿐한 힐 틈새로
이럭저럭 함부로 뒹굴고

여인의 눈길이 향한
여름을 지난 바다엔
뭍으로 올라오려는
물들의 함성으로 자분거리고

그리움의 계절이구나!
당신으로 멍든 단풍들이
이렇게 가슴 시릴 줄이야

가을 소묘(素描)

보고픔은 줄곧
온전한 그대 품을 그리지만

목마름이란 본디 고스란히
당신이 준 선물이기에

저만치 멀리 있는 기다림은
은결 그리움으로 산화시켜 버리고

간절히 물든 단풍 떨구는
나지막한 갈바람 소리

단풍

수줍게 한여름 벗어
숫접게 드러낸 민낯

고스란히 서리담아
네게 연붉게 스미어

눈 감으면 그려지고
눈을 뜨면 그리운 너

그렇게 느루 물드는
아! 이 황홀한 가을빛

가을 유감(有感) - 가을날 책 읽기

세월은 유수와 같고 또 더욱 아쉽지만
변하는 것은 그 강물만이 아니라는 것

몇몇 경험들은 인생이란 책(冊) 그 안
여러 페이지들을 건너뛰게 해 버린다는 것

삶은 두루마리 화장지 같아서
뒤로 갈수록 더욱 빠르게 사라진다는 것

일상(日常)엔 끊지 못하는 고리도 있고
풀 수 없는 매듭도 있는 법

세상과 유연하게 섞일 수 있는 나이란
이미 어디에도 존재하지 않았던 것인지도...

책은 많은 사람을 만나게 하여 주고
과거의 나와 미래의 나와 이어 주지

삶이 경건하고 아름다운 이유는
날마다 일어나는 소소한 일들 때문일 터

꿈을 이루는 삶은 그 해답이 빤한데
주변을 둘러보면 너무나 쉽고 간단한 길인데

왜 삶을 마감하는 즈음에 닿아서야
이 단순한 참(眞)을 깨닫게 되는 걸까

어느 하루 어떤 느낌

귓불가를 발갛게 물들이는 그대 따뜻한 시선
볼우물 위 찬찬히 쌓이는 그대 넉넉한 음성
함께 있음으로 명치에 닿는 살가운 그대 체온

너무 가까이라서 오히려 모르고 있었나 봅니다
두세 발짝만 떨어져서 보아도 이내 알아챘을 것을
그러나 아직은 그대 바로 곁 이 맹목(盲目)이 좋습니다

그대 뜨개질해 준 바람의 옷 어서 입고
살포시 당신 품에 성큼 안기고픈 마음
아! 이것을 사랑이라 불러도 되겠지요

겨울

혼자 뚝 떨어진 듯 외로운 계절
하지만 그대의 겨울은 따뜻하답니다
그 안으로 발맘발맘 걷고 또 걸어 들어갑니다

명동성당 앞에서

명동성당 오면 나도 몰래
발길에 이끌려 다다르는 곳

어릴 적부터 줄곧 반복하여
영절스러운 꿈을 꾸었던 것 같아
이해인 수녀처럼 시를 쓰고 싶어

그것이 얼마나 무수한 희생과
돌심장이 전제되는 일인지
낮은 곳에 얼만큼 나를 가두고
옭아매야 하는 일인지
일상의 쳇바퀴를 언제까지
만날 굴려야 하는 일인지
그 버거움 짐작도 하지 못하면서...

명동성당 한 모퉁이
거지 소년이 내민 파리한 생인손

어려워 힘들어 아파
잔작한 너스레 떨다가
이윽고 바투 맞닥뜨린
시인(詩人)이란 엄중한 현실

줄행랑 놓고 보자던 속내에
객쩍은 실웃음 흩뿌리며
성당 가온 살가운 성모 마리아상
고즈넉한 눈웃음 아래 복도해 본다

갈대의 꿈

잃어버린 나침반 찾을 길 없어
삶의 이정(里程) 채 펼치기도 전
까만 속울음으로 허기를 채웠다오

물구나무서서 바라보는 세상
가끔은 휘발하는 바람으로
외치고 싶을 때가 있었다오

쓰디쓴 침잠된 울음 한잔
소리 없이 삼키며 별 헤는 밤 하늘가에
때론 마음 한 자락 풀어 놓기도 하였다오

"책을 읽는 재미는 어쩌면
책 속에 있지 않고 책 밖에 있었다."
애이불비(哀而不悲)하지 않기를……
여우에게 길들여지는 어린 왕자는 어쩌면
일찍이 삶의 지침서를 볼 수도 있잖겠는가

종종 멈춰 버리고마는 오늘도 있더이다

흔들리며 왔다가 흔들리며 가는 삶

마른 갈대가 갈지자로 그리는 천변만화......

꿈을 유보한다는 일은

매우 지난한 일일 것이라네

하지만 어느 때엔 그럴 용기를 가져야

그대 꿈꾸던 순란한 생을 영위할 수 있음을......

*4연 인용은 박완서 작 〈그 많던 싱아는 누가 다 먹었을까〉에서 빌립니다

겨울처럼 사랑하리

대지 맨 깊숙이 숨 고르는
한 알 밀알 동그란 속삭임

한아름 가득 꽃바람 안아
은은한 향기 그윽이 품을
민낯의 그대와 만날 봄날

아름다운 꽃봉오리를
미리 꿈꾸지는 않으리

사랑하고 있는 이 순간
시나브로 이미 오롯이
하뭇한 추억인 것임에

갈맷빛 먼 산기슭 누운
낙엽 한 잎 맑게 우려

그대 계신 쪽빛 하늘
무릎 꿇은 한 잔 차에
고스란히 담았으면...

어연번듯 산 너머 노을은
메아리 점점 희미해져도

미칠 수 있는 데까지만
믿을 수 있을 동안만 그
견딤만큼만 사랑하리라

천천히 읽어야 비로소 보이는

구름은 화려한 날개를 뽐내지 않으며
꿈을 품되 소리 내어 읽지 않습니다
하얀 지도 위 빙하의 바다가 출렁이며
하늘에 떠다니고 바다 위 하늘이 흐릅니다
천의무봉 신비를 빚은 손, 신의 은혜겠습니다

지그시 눈 감아야 들리는 미지의 세계
보이지 않아 차마 부르지 못한 것들
어깨걸이한 구름들이 노래 부릅니다
하늘의 질서가 지나갑니다 느린 걸음으로
하늘과 맞닿은 땅의 순리를 가르치기나 하듯이

하지만 때에 찌든 우리는
눈 벙어리 귀 벙어리로 살아가고 있습니다

겨울 장미

꽃잎처럼 미혹하고
가시처럼 아플지라도
사랑은 장미처럼

짐짓 심드렁하게
고개를 떨구며
꽃은 시들지언정

이미 네 눈힘에 베인
선홍빛 자상(刺傷),
사랑은 부활하리

겨울연가

쓸쓸해 보이지만 그렇지 않아요
그대의 숨결이 느껴지거든요

차가워 보이지만 그렇지 않아요
뜨거운 심장이 뛰고 있거든요

도도해 보이지만 그렇지 않아요
숫접은 감성이 저와 닮았거든요

혼자 뚝 떨어진 듯 외로운 계절
하지만 그대의 겨울은 따뜻하답니다
그 안으로 발맘발맘 걷고 또 걸어 들어갑니다

귀엣말

사랑하고파 발버둥쳐도
미꾸리같이 잡히질 않네
포기하고 도마뱀 시늉하니
이번엔 기쓰며 잡으러 오네

집중하려 애를 써도
몰입이 되질 않아
초점에서 벗어날 때
되려 집중되는 것이 있지

늦가을 단풍을 봐 봐
누군가를 위해 조용히 물드는...
한겨울 고드름을 봐 봐
봄을 기다리며 기스락물 떨구는...

아플 때면 아프다고 해
슬플 적엔 슬프다고 해
보고플 때는 그립다고 해
그리울 적엔 보고 싶다고 해

길

인생은 앞만이 아니더라
뒤에서도 묻더라
인생은 위만도 아니더라
아래에서도 묻더라

감사와 사랑이
희망과 신뢰가
나를 이끌어 주는 거구나

인생은 진퇴(進退) 여부(與否)보다
먼저 나를 믿는 게 시작이었구나

서리꽃

갈대가 눕는 쪽으로 스미어 들고
새들이 나는 방향을 적셔 주고
하늘 아래 가장 낮은 곳 산울음으로
사락사락 귀기울이는 순백 치유

그렇게 가만사뿐 햇눈 오던 날,
준비 없이 맞는 열일곱 홍역일 수도
날카로운 은빛 첫 키스일 수도

나풀나풀 추억 짙게 내리던 날
한겨울 연두를 만나서야 비로소
봄 또한 멀지 않았음을 주억거리리라

엎고픈 말 많아도 차마
생눈 위 흘리는 눈물 방울방울
고스란히 내 심장 속 시가 되어

생채기 없는 첫눈이 있을까
꽃돋이 없이 생인손 없이
피는 꽃이 그 어데 있으랴

첫눈 내리던 날

젖은 날개로
쉬 날아오르지 못하는
고단한 새 쉬어가라고
느리게 노을이 허리를 편다
이 싸락눈 멈추면
아쉬움도 조금은 잦아들려나

대장암 엄마 간병하고 돌아오는
이르게 비틀거리는 귀갓길
저 골목길 모퉁이 들어서면
그리운 이 불쑥 나타날 듯하다

세모(歲暮)

로터리 점멸등 신호 대기
산란하는 네온 사이사이
곤한 옷깃 눕히는 퇴근길 군상들

급히 말수가 잦아지는 바람
살비듬처럼 산화하는 먼지
모호해져만 가는 헛나이테

잔기침 돋우는 하늘
아, 눈이라도 내려 준다면...
그런 축복이라도 나려 준다면...

남은 햇빛 한 움큼 느긋이
빈 주머니 안으로 욱여넣고
오늘도 그들 사이로 들어간다

별리(別離)

쇼팽의 에튀드 중 '이별의 노래'를 듣습니다
헤어짐이 꼭 슬픈 것만은 아니라고 말하는 듯한
그의 흰 양복 칼라가 떠오릅니다

단지 그리움 하나만으로도
사랑이 고유(固有)할 수 있길 바랐던
지난 젊은 날을 뒤따라 추억합니다

가셔낼수록 해감 되지 않아 목울대까지 차오른 목마름
서서히 비우려 비우려 해도
그 한가운데 이미 가득찬 혼수(昏睡)

부질없는 읊조림으로나마
불면의 그리움을 일단 침전(沈澱)시켜 봅니다
다가올 계절풍에 앞서 이제 떠나렵니다

바람이 전하는 말

바람이 난다
눈이 날리고
따라 내가 난다

바람은 바람으로
눈은 눈으로
난 나대로

근데 난 어디로 가는 걸까?
바람아 너는 아니?

순하지만은 않은 세상살림
흰 돛을 꿈꾸는 내게

꿈만 꾸는 나에게 알려다오
끝없이 펼쳐진 별밭 이야기......

눈이 내리는 날에는 1

눈이 내리는 날엔
앞마당에 나가
동동 발 구르고 싶어

눈이 내리는 날엔
욕심 또한 많아지지

뒷동산 올라
향긋한 커피 한잔 벗 삼아
풍경을 그려보고 싶고

교외 근사한 카페
친구와 흐르듯 얘기도 나누고 싶고

옛날 첫사랑도 떠올리며
그 그리움 살포시 안아보고 싶어져

하얀 세상 꿈꾸는 날엔
욕심을 부려도 밉지 않을 거야
온전한 마음으로 다 받아줄 테니

눈이 내리는 날에는 2

눈 내리는 날에는
마당에 나와 바둑이 동무 삼아
구르고 뛰놀며
맘껏 개구지고 싶다

눈 뿌리는 날에는
그대 발자국 따라 걷다가
설 밭에 누워 눈송이 받아먹으며
하얀 세상에 맘껏 설레고파라

눈 나리는 날에는
장마루 나즈막한 난로 옆
그가 호호 불어주는 달짝한 고구마
따뜻한 정 가슴에 품고프다

눈 오시는 날에는
세상은 내 것, 욕심내도 좋겠지
백의 천사 하얀 마음
아낌없이 받고 싶으니

먼 훗날

소곳이 흐르는 작은 시냇가
그대와 자적(自適)하는 시간,
시간에도 색깔을 담을 수 있다면
담백한 하얀 색을 고를 거예요

천년(千年)을 기다리는 가장 낮은 마음,
그댈 향한 내 마음은 언제나 지선(至善)입니다
사랑은 사랑할 때 지극히 아름답겠지만
그를 추억하는 일도 못잖게 아름답겠죠

내 마음에 그렇게 쌓아지는
산(山) 하나는 기대며 살고 싶어요
내 가슴에 밀물처럼 밀려와 세운
그대란 성(城)에 가두어지고 싶어요

먼 훗날 내 인생에
무엇이 가장 그리웠는가 묻는다면
내 마음강(-江)에
그대가 띄운 종이배였노라 답할 것입니다

너에게로

모락모락 피어나는 햇귀
겨울 아침 창가에 기대어
그대 위한 노래 부른다

넌 내 심장에 들어와
그 한 가온 고스란히 흘러

내 눈에, 내 마음에
그저 온전한 너 그대로 흘러

네가 떠나면 모든 건 멎겠지
부디 내 곁에서 머물러 주길

내 맘 네 맘 깍지 낀 손으로
다가올 계절을 노래하자
우리 언제나 봄일 수 있게

훗날 행여 너를 잃게 될지라도
흐르는 봄 강물에 꽃잎 살풋 띄워
언제까지나 너와 젖은 입맞춤하리라

우리들의 사랑 이야기

저 맑은 숲속 작은 집
하얀 동화 이야기 짓고
사랑하는 당신과
떠오르는 해 바라보며
감사 기도로 아침을 환히 밝히자

뒤뜰 앞뜰 봄날 뿌린 씨앗
파릇파릇 정성 들여 가꿔
풍경 있는 갈 창가 걸어 둬야지
난로 앞 앉아 군고구마 까먹으며
간지러운 사랑 나누고 싶어

보드라운 보슬비 오는 봄
우산 하나 덧잡고 들길 나란히 앉아
풀꽃들 이야기 엿들어야지

노오란 햇살 쏟아지는 여름엔
작은 개울가 발 담그고
수박 한 입씩 나눠 먹으며
장단 맞추어 발 장난도 치고파

우수수 나뭇잎 떨구는 가을엔
귀뚜라미 합창 교향곡
커피향 그윽한 마른 낙엽 태우며
달님에게 작은 소망 빌어 보자

하얀 눈 날리는 겨울엔
너른 강가 바둑이같이 뛰어다니며
나 잡아 봐라 눈싸움도 하고파

힘든 날도 있겠지만
신실한 눈빛 서로 의지하고
푸르른 잔디 쓰다듬으며 슬쩍 웃어 주자
좋은 날은 단둘이 곱게 채색해 만드는 일
예쁜 상상을 꺼내 봐!
꽃은 거기서 피어나는 거래

엄마

언제나 힘이 되어준
당신의 이름은
어머니꽃입니다

아버지

한여름 밤 당신 뒤
졸졸 따라 걷던
양평 소나무길은
이제껏 읽은 서적 중
최고의 고전(古典)

퍼붓는 대로 흘려 흘려
헛수고처럼만 보이는
콩나물시루
그런데 보세요,
어느새 예쁘게 자랐죠……

황무지를 일구던
힘찬 숨결
신성한 땀방울은
여태 제 삶의
든든한 밑그림

축복처럼 봄비
가만히 내리는 날
흔들리지 않는
고정못으로
큰 기둥 당신을 그립니다

사랑의 찬미

뒤뜰 장독대 봉선화 옆에 서서
접시꽃 당신이 환하게 웃고 있습니다

요염한 양귀비, 화려한 장미꽃보다
그대가 천만 배 어여쁘고 사랑스럽습니다

그 미소는 꽃같은 내 사람이
내게 보내는 사랑의 화살이다
때론 으스대며 큰소리로 말하고도 싶습니다

하늘 씨앗으로 내려와 다소곳이 피어
변함없이 곁을 지켜 준 당신 고마웠습니다

아버지의 자화상

힘겹다 못하시는 자리입니다
아프다 못하시는 마음입니다
웅숭깊이 감춰진 그늘입니다

굽은 등
피타시는 줄 몰랐습니다
갈퀴진 손
아리신 줄 몰랐습니다

눈부처로 선 그윽한 눈빛
쓰디쓴 눈물 감춘 미소
온누리 사랑에 가슴 미어집니다

찬서리 훑고 지나간 무덤가
가만사뿐 날아든 봄 향기
온 그대로 당신이 그려집니다

아버지의 빈 의자

눈망울에 괸 소금 한소끔
슬픈 인사는
그리움을 삼킬 시간조차
허락하지 않은 채
깊은 고랑을 만들고

밀어내도 밀어내도 비집고 들어와
날갯짓을 합니다

당신의 손짓이 눈빛이
희미한 그림자 되어 그리워질 때
갈바람 좇아 계절을 걷습니다

당신의 온기가 있던 의자에
어느덧 가을이 앉아 있습니다

가을 편지

갈색 향 짙게 드리운 봉분 위
도란도란 햇볕 노닐다 가는 곳
한 모금 두 모금
떨어져 쌓여 가득 핀 사랑

닿을 수 없는 편지
미어지는 가슴으로
한없이 한없이 읽어 내려갑니다

다감한 당신의 위로
펼쳐놓은 세월 쓸어안고는
고이 접어온 사랑한다는 말
목메어 당신 품에 전합니다

당신 빈 의자 곁
머문 고적함 걷어내고

정다운 모녀
치맛자락 나란히 늘어뜨리고 앉아
가을 하늘 미소에 손 흔들어 봅니다

"아버지, 저 여기 있어요."

하얀 찔레꽃

울 엄마 장에 갔다 돌아오시는 날
단아한 꽃 한 송이 애틋이 피었네

설렘 가득 울 꼬마 사슴 눈만한
눈망울에 비추인 꼬까신 한 짝

아직 그 사랑 깊이는 몰라도
가슴은 뜨겁게 차오르고

엄마의 차란차란한 기쁨
아가 꿈으로 뭉근히 피어난다

감자꽃

감자꽃 필 때면
그 시절로 돌아가
꽃다지 귓불 대고
엄마 얘기 듣지

노랑 참외 노란 꽃
빨강 사과 빨간 꽃
해바라기꽃은 황금색
감자꽃은 포도색

꽃바다 언덕배기
보랏빛 꽃무리 사이
하얀 미소 그대로
떠오르는 엄마 생각

아름다운 노래

꾸미지 않아도 빛나는 꽃
뭉근히 가슴 적시는 꽃
세상에서 가장 아름다운 꽃

언제나 힘이 되어준
당신의 이름은
어머니꽃입니다

그 여인의 정원

들국화 소담스레 앙가슴에 품고
하얀 미소 흘리며 들어오는 단정한 여인

꽃보다 향이 짙다는 것을
햇살 탐스러운 화원에 꽃을 보고 알았습니다

흔하다 말하지 않겠습니다
뿌리신 애정은 거룩한 들녘 꽃밭을 만들었잖습니까

비밀 서랍장 속 소녀와 여전히 열애 중인 나의 어머니
당신 꽃잎 곰살궂게 읽어 내려가며 그 사랑 아껴 넘깁니다

엄마 1

당신 무릎 아래
세상과 만나 약속하고

당신 꽃받침으로
이제껏 하늘 아래 있지요

포근한 당신 품 안
한달음에 안기는 한아름 봄

민낯의 초록 그 빛 그대로
감출 바 없이 당신을 사랑합니다

엄마 2

맘속에 담기만 해도 배부른
떠올리기만 해도 가슴 아리는
눈만 감아도 취하는 부름, 엄마

돌아보니 자꾸만 뒤처지는 걸음
어느새 섬월(纖月)처럼 굽은 등
가벼운 미소로 손사래 치며
먼저 가거라 짐짓 미소 짓는 당신

내 온 뿌리로 부디 당당하시고
내 온 날개로 늘 향유(享有)하소서

손톱달

중원산도 외로워
어스름 녘 하루 한 번
그림자로 몸 바꾸어
저자거리 나오는 길

그믐 끝 초승이면
스스로 빗장 풀어
저를 비운 달무리로
별 길을 내어 주는 달

캄캄한 하늘
보이진 않아도
곡절 많은 밤
손톱만치 작아도

엄마 눈썹 그리운
초승달을...... 그래서
초생(初生)으로 또
새 달이라 부를 테지

* 중원산 : 양평 용문면에 위치한 산

약속해요 엄마

노랑 프리지아 갈피끈 만들었어요
엄마가 제일 즐겨 읽던 책 사이
끼워 넣어 아무 페이지나 열어도
사무치도록 그리웁게도 하지만
새록새록 애틋한 추억 돋아나는…
또 그렇게 내 맘속 미쁘게 내어놓아
그 공간에서 엄마와 나 둘만의 예쁜 사랑
오래오래 곱고 그윽하게 물들래요.

"끝없이 도전하렴.
쉼 없이 공부하고,
가없이 사랑도 즐기고.
딸 알지? 겸손이 기본인 거."

당신 가르침 고이 섬기면서
당신처럼 노래처럼 살게요
당신처럼 그림으로 살게요
당신처럼 사람답게 살게요

봄날은 간다 -엄마 없이 맞이하는 첫봄

미쳐도 좋을 만큼 그리워

미칠 듯 보고 싶어

미친 듯 불러 봅니다

당신을 빌려
내 모든 걸 얻었고

당신의 다함으로
숨 붙여 머물고 있는데

그 내리사랑 아래
지난 계절 잘 참아냈는데

비탈마다 지천인 봄
허리 펴 기지개 켜는대……

동시

후 하고 불면 꽃씨 날개 열어
온누리에 꽃 피우겠지
꽃순이 뭐해?
쉿! 방해하지 마
하늘 나는 꿈꾸고 있잖아

새싹들에게

생각이 예쁘지 않은 날
동화책을 펼칩니다

꿈꾸는 나무는 말합니다
샘터에 발 담그고
첨벙첨벙 뛰어놀려무나

해맑은 천사들,
세상 거짓 요란할지라도
하얀 동화만 그려야 해!

하늘은 언제나 네 편에서
푸릇푸릇 응원할 테니까

동화 속 이야기

네 숨결이 들리는 듯
살짝궁 귀 기울여 봤어

네 순수한 눈빛이
안에서 손짓하네

다가갈수록 또렷해지는
맑고 고운 목소리

꿈아! 도리도리 잼잼
내 가슴에 꽃피워 주렴

꿈아 꿈아 종종걸음쳐
어화둥둥 어서어서 어부바

춤추는 음표

나붓나붓 음표가 춤을 추니
가슴이 노래하고 마음이 듣지요

톡톡톡 떨어지는 기쁨의 씨앗
한 톨 한 톨 주워 담고 있어요

한 자루 가득 영차영차
곱사춤 추는 은빛 마술사

까맣게 가려진 세상 올라타고
하양 입김 불어 쓱쓱 쓱쓱 청소해요

학교 종이 땡땡땡

심술 욕심 빼고
이해 배려 더해
너 하나 나 하나 너 둘 나 둘
다툼 없는 나누기로 셈이 쉬어졌잖아

얘들아 저길 보아 봐
오종종 하얀 민들레
까만 눈망울에 비친 천사 보일 거야
바로 너희들 모습이란다

나무야 나무야 꿈나무야
어서 어서 자라
푸르디푸른 새싹들
햇살 가득 영양소 되어 주렴

민들레

네가 도마뱀이람 재밌겠어
꼬리 한 마디 한 마디 자절(自截)해
계절마다 나눠 필 수 있을 것 같아

네가 미꾸리람 다행이겠어
매끄당매끄당 빠져나가
수월히 꺾어 버릴 수 없을 테니

네가 밥이람 또한 좋겠다
바람에 실려 별들이 떨어진 자리
피어난 별 밥, 빛 있고 푸짐할 거야

네가 시(詩)람 얼마나 예쁠까
조막만한 입 앙다물며 자아낸
글발 하나하나 얼마나 사랑옵을까

천사의 눈물

꽃인데 꽃이 아니라고 하네
가슴으론 피워 낼 수 없다면서

천사는 귀띔하지
거짓에 물들지도 아파하지도 말라고

닫힌 마음이 미워
봄물은 훌쩍거리며 때구루루 주저앉는다

눈물 뚝 아가야
제비꽃 선한 눈망울로 어서 오라 손짓하잖니

오렌지 꽃나무

엄마 반 가름한 오렌지
놀란 탱글탱글 알갱이
톡 톡 톡 튀어나와
깡충깡충 뛰어다니네

쑥쑥 자라렴 아가 꿈나무야
엄마! 얼른 이리 와 보세요
오렌지나무 꽃송이 품고 있어요

우리 아기 노란 물감 풀어
꽃나무 물 주고 있었네
온 누리 고와지겠구나

꿈꾸는 아기 별

아가야 이게 뭔지 알겠니?
우리가 흔히 꿈이라 부르는 거란다
마음에 하얗게 핀
빛나는 꽃별 하나 따다가
저 깊고 넓은 하늘가에 달고 싶구나
분명 무지개가 걸릴 거야

어머나, 아가 닮고 싶은
별 내려와 살포시 입맞춤하네
창가 내려온 솜사탕처럼 달콤한 별
파랑새 천사 날갯짓 품으며 잠들으렴

꿈의 요정 노래하겠지
마음에 담아 놓은 별
저 둥지에 걸어 놓은 별
아가 웃음꽃 방실방실 필 거야
아가야 동화 속 이야기 들리지?

한여름 밤 풍경

모내기 끝난 논둑은 개구리들 놀이터
논물 넘쳐라 시원스레 노래 부릅니다

동네 어귀 무더위 피해
느티나무 평상 둘러앉은 어르신들
옥수수 감자떡 나누는 정담 한가롭습니다
잔가지 사이로 빼꼼 고개 내민
타오름달 꼴깍 군침 삼켜 가며
살몃살몃 한여름 밤 문을 엽니다

무논 안 개구리들 열띤 개골개골 떼창
노곤한 하루 시름 사르르 사그러뜨립니다

날개를 달아 주세요

꽃 속에 천사가 숨어 살아요
아름다운 이유가 있었네요
사람들과 다른 모습으로 보여요
수월히 구분하기 위해서군요

서로 미워하면 안 돼요
천사 같이 살아 천사같이 살라는
신의 선물이거든요

꼬리 감춘 그림자 따윈
겁내지 말아요
악마의 속삭임에 흔들리는 걸 뿐

똑똑똑 노크에도
절대로 문 열면 안 돼요
꼭 기억해야 돼요
우린 모두 천사라는 사실을

* 앞 '천사 같이'는 천사와 같이란 뜻으로 띄어 쓴 것이고
* 뒤에 '천사같이'는 천사처럼이란 의미로 붙여 썼습니다.

아기꽃 꿈순이

행복아!
울보 떼쟁이 만나러 가볼까
방실방실 웃음보따리
한껏 양손 가득 쥐고

눈물 뚝!
우리 아가 손 내밀어 봐
달콤한 사탕 하나, 둘, 셋......
자꾸자꾸 나오네

사랑 사탕 먹을수록
하양 마음 쑥쑥 자란단다
까르르 웃음꽃 부풀려
이야기꾼 꿈순이
손잡고 여행 가자꾸나

꽃순이 마음 찾아 주세요

풍선의 소원
노랑 파랑 빨강 꽃씨 가득 싣고
맘껏 날고 싶어
영희 진호 철수 친구들 불러
미지의 세계로 떠나는 거야

풍선이 빵 터져도 걱정 없어
왈카닥 희망이 쏟아져
훨훨 피어오를 거야
잡지 못하는 소녀의 마음
어디까지 날아가려나

후 하고 불면 꽃씨 날개 열어
온누리에 꽃 피우겠지
꽃순이 뭐해?
쉿! 방해하지 마
하늘 나는 꿈꾸고 있잖아

고백

둥둥둥 떠가는 달 배
꽁무니 붙잡고 따라오잖아
짝사랑 하나 봐

진작에 눈치 못 챘어
부끄러워 말 못하고
밤길 나들이 걱정스레
호롱불 들고 쫓아오네

어머나!
콩닥콩닥 붉어진 볼 좀 봐

살며시 꺼낸 속마음
안아 달라 수줍은 고백
소원 하나 들어 줄래

쉿, 비밀이야
내 마음 가져가 열어 보렴

착한 친구

똑똑
방울방울 맺힌 이슬
영롱한 눈동자 빛내며
여행 가자 하네요

느림보 달팽이 친구
동행할 모양이군요

풀잎 친구는 어떻게 데려가지?
아, 내 등에 업어 가면 되겠네

갸웃갸웃 달팽이 친구
무겁다 불평 않는 풀잎 사랑
노래까지 부르네요

이제 알았어요
사랑은 무겁지 않다는걸

엄마의 뿔

하염없이 주룩주룩
쿵 떼구루루 쿵
엉덩방아 찧는 소리

두려움 더해지는
천둥 폭풍 잔소리
회초리 든 양털구름 엄마

번개 부지깽이 들고
양순이 쫓고 있네
무슨 일일까?

낮잠 틈 먹물 낙서
칠흑 눈물 푼 사연
성난 뿔은 커져만 가고

조마조마 먹구름 뒤 숨은
천방지축 꼬맹이
내일은 좀 잠잠해지려나

뽀드득

방귀쟁이 눈꽃
가만가만 다가오세요

한 발짝 한 발짝
디딜 때마다
뽀드득 뽀드득 뿡뿡뿡

하얀 뱃속
맑은 천사 숨어 있어요

퉁퉁 부은 심술 말끔히 씻어
사르르 녹여 하얀 마음 입혀요
뽀드득 뽀드득 뿡뿡뿡

사랑은 움직씨

이초아 시집

2022년 9월 20일 초판 1쇄
2022년 9월 23일 발행
지 은 이 : 이초아
펴 낸 이 : 김락호
디자인 편집 : 이은희
기 획 : 시사랑음악사랑
연 락 처 : 1899-1341
홈페이지 주소 : www.poemmusic.net
E-Mail : poemarts@hanmail.net

정가 : 12,000원
ISBN : 979-11-6284-391-8